DES

INVASIONS

DE L'INTELLIGENCE,

OU

Puissance de l'Opinion.

> La volonté des Peuples est une nécessité dont les Gouvernans finissent toujours par subir la loi.

CHEZ MADAME Ve MARAIS,

IMPRIMEUR-LIBRAIRE, GRANDE-RUE, N° 41.

1830.

DES INVASIONS
DE
L'INTELLIGENCE.

DIEPPE, IMPRIMERIE DE MADAME VEUVE MARAIS.

DES INVASIONS

DE

L'INTELLIGENCE,

OU

Puissance de l'Opinion.

> La volonté des Peuples est une nécessité dont les Gouvernans finissent toujours par subir la loi.

Dieppe,

CHEZ MADAME Ve MARAIS,

IMPRIMEUR-LIBRAIRE, GRANDE-RUE, No 41.

1830.

A Monsieur Guizot,

Professeur du Cours d'Histoire moderne
à la Faculté.

Monsieur,

Plein d'admiration pour vos nobles principes, nourri de vos éloquentes leçons, je prends la liberté de vous offrir ce premier produit de ma plume. Si l'on y trouve quelques idées dignes de notre glorieuse époque, c'est à vous que je les dois, c'est à vous que j'en veux faire hommage. La jeunesse française est heureuse et fière de marcher à la civilisation sous un chef aussi distingué; et c'est au nom de tous ceux qui connaissent le prix de l'instruction, que je paie à vos savans travaux ce tribut de gratitude, tout indigne qu'il soit des précieux dons de votre haute intelligence.

J'ai l'honneur d'être, avec le plus profond sentiment de respect et d'estime,

Votre très humble serviteur,

P. A.

AVANT-PROPOS.

Il y a deux mois que j'ai commencé cet opuscule. En l'écrivant, je pensais à donner aux partisans du ministère incroyable une idée de l'état des esprits, et particulièrement des dispositions de la jeunesse dont je fais partie ; j'ai vingt-cinq ans. Mais les ennemis de nos droits avaient tellement soif d'illégalité, qu'à l'instant même où je terminais, on m'annonça les ordonnances, funèbre monument de rage et de folie. Je ne pensai plus alors qu'à reconquérir notre liberté ; mais l'héroïque dévouement de Paris ne nous a permis que d'applaudir à sa rapide victoire, et de suivre son généreux exemple. En vérité, je ne croyais pas prédire si juste, quand je traçais les dernières lignes de ce résumé des *Invasions de l'Intelligence*.

Peut-être trouvera-t-on ce tableau trop circonscrit ; mais je pense qu'aujourd'hui il faut être concis, et susciter la réflexion du lecteur, plutôt que le conduire pas à pas ; d'ailleurs le sujet que j'ai voulu traiter m'a paru demander une marche rapide. Pour me comprendre, il n'est besoin que de notions très ordinaires sur les événemens historiques ; et j'ai pensé que parmi ceux qui pourraient me lire, il n'y en aurait aucun qui ne connût les savantes leçons de M. Guizot.

Six jours ont produit en France une telle révolution, qu'on pourrait bien ne plus trouver juste ce que je disais de Louis XVIII, il n'y a pas un mois. Cependant, tout imparfaite que fût la Charte, on doit en savoir bon gré au frère de Charles X; et nous serions ingrats d'oublier au sein du triomphe celui qui nous donna des armes pour remporter la victoire.

DES INVASIONS

DE

L'INTELLIGENCE,

OU

Puissance de l'Opinion.

CHAPITRE Ier.

On a vu plus d'un peuple trop resserré dans ses limites, ou fatigué de disputer son existence à l'ingratitude du sol, aux rigueurs du climat, abandonner la mère-patrie pour s'élancer sur de plus fertiles contrées. Il fallait à cette multitude de guerriers, de femmes et d'enfans, d'autres foyers, de nouveaux champs, et c'était une lutte à mort entre les possesseurs légitimes et les envahisseurs.

Mais les besoins physiques ne sont pas les seuls ressorts qui fassent agir l'homme : à côté de l'existence matérielle, il en est une autre non moins impérieuse dans ses volontés, c'est la vie morale : sans cesse réagissant l'une sur l'autre, quelquefois elles se contrarient, mais bientôt se rapprochent ; car toutes deux tendent au même but, le bien être de l'homme dont elles constituent la nature.

De même que de peuple à peuple, de particulier à particulier, l'existence matérielle est souvent aux prises; ainsi l'existence morale a ses combats. Quand une idée nouvelle confiante en ses forces surgit menaçante, et franchissant un cercle devenu trop étroit pour elle vient tout à coup faire invasion, alors s'engage une lutte terrible. Toutes ces vieilles opinions accoutumées à régenter le monde, ne veulent pas céder ce qu'elles appellent un empire légitime. C'est une guerre à mort; car des deux côtés il n'y a point de transaction possible, et le vaincu doit perdre son nom. Mais par suite de l'intimité des rapports qui rattachent la vie morale à la vie physique, les Invasions de l'Intelligence marchent souvent revêtues d'une forme matérielle; et, pour une idée comme pour un espace de terre, on voit lutter ensemble, individus contre individus, nations contre nations. Toutefois, suivez cette lutte dans ses développemens, et vous y découvrirez un caractère particulier; ce n'est pas, comme dans ces invasions toutes matérielles, une inévitable destruction qui menace les combattans. Quand deux idées sont aux prises, il faut bien que l'une d'elles succombe; mais leur ruine ne s'attache pas nécessairement à leurs fauteurs. C'est un triomphe intellectuel que veut l'Intelligence; et lorsque vous verrez les hommes acharnés l'un contre l'autre s'égorger en proclamant une opinion, soyez certain que l'intolérance en a fait une question vitale; et que pour chacun il ne s'agit plus seulement d'une idée, mais de l'existence elle-même.

Chose bizarre ! ce sont les luttes religieuses qu'on voit toujours les plus sanglantes. Il semblerait au premier coup d'œil que l'homme, au nom du ciel, ne dût exercer que des vertus. Mais usurpateur des droits de la Divinité, droits au-dessus de tout contrôle ; exécuteur ignorant et vaniteux d'une autorité sans mesure, il ne connaît point de limites à ses exigeances. Quand l'homme travaille pour améliorer son être, du moins il sait ce qu'il veut ; bientôt il s'aperçoit si les moyens qu'il emploie le conduisent à son but ; et lorsqu'il vient à s'égarer, il s'arrête pour réfléchir. Mais l'homme connaître le but de la Divinité dont il ne peut comprendre la nature ! L'homme conduire à leur terme les desseins d'un Être que lui-même il proclame impénétrable ! En vérité cette prétention ferait rire, si l'on n'en souffrait pas tant.

CHAPITRE II.

Je ne sache pas que l'histoire ancienne nous offre quelque part le spectacle d'un peuple poussé hors de ses limites par une idée qu'à son tour il pousse devant lui. On y voit bien des hommes, armés par la nécessité de protéger leur état social, s'élancer sur les aggresseurs avec toute la fougue de l'animal qui combat pour sa vie ; mais si la victoire les favorise, franchissant les bornes d'une légitime défense, ils prennent le rôle d'oppresseurs, et deviennent tyranniques pour se maintenir indépendans. Ainsi, les républiques de la Grèce s'asservissent tour à tour; les Perses paient à l'ambition la dette réclamée au nom de la liberté; et Rome, qui dévore tout, veut des provinces, des esclaves et des richesses pour quelques uns de ses nobles, plutôt que des citoyens pour la patrie.

L'égoïsme et la jalousie me paraissent les principaux mobiles des sociétés anciennes. Animé d'un haineux mépris contre tout ce qui n'était pas lui, un peuple outrageait dans ses relations extérieures ce qu'il sanctionnait au sein de ses assemblées. L'histoire de l'antiquité abonde en traits de patriotisme ; mais l'homme savait-il bien ce qu'il devait à ses semblables, à l'époque où la moitié de l'humanité se trouvait ravalée au rang de la brute, où l'asservissement était reconnu comme un droit? Ce n'est pas dans le cercle rétréci d'une telle organisation sociale qu'il faut chercher de grands actes philantropiques ; ni cet enthousiasme d'idées, né avec le Christianisme; ni cette noble ambition de l'Intelligence, principe créateur de la civilisation moderne.

CHAPITRE III.

L'aigle romaine avait nivelé sous son aile pesante la plus grande partie du monde connu, lorsqu'on vit poindre la plus étonnante des révolutions. Un cri d'égalité, parti du sein de la servitude (car on ne réclame pas un bien que l'on possède), fut accueilli avec transport et répété par des millions de malheureux. C'était, pour des hommes abreuvés de toutes les amertumes, renaître à une nouvelle existence que de se croire destinés à un meilleur sort; et soudain ils s'émurent impatiens d'espérance, ambitieux de bonheur, offrant l'étrange assemblage de l'énergie du citoyen libre qui ose proclamer ses droits, et de l'abnégation de l'esclave qui ne sait que mourir sans les défendre. Ces seuls mots : *Je suis Chrétien !* que répétaient avec enthousiasme, sous le coup de la mort, les premiers martyrs de l'égalité, n'étaient pas seulement une profession de foi religieuse, mais une protestation toute libérale contre l'outrage fait à la dignité de l'homme. Le Christianisme devait être la croyance des malheureux ; et son dogme fondamental, l'égalité, apparaissait comme le premier besoin social de cette époque de servitude. Voilà, je ne crains pas de le dire, la principale cause des merveilleux progrès de cette nouvelle Religion. Croyez-vous que pour des dogmes mystiques, la Trinité, l'Incarnation, inabordables à l'Intelligence vulgaire, et sans rapport immédiat avec les intérêts de la nature humaine, le monde se fût agité jusque dans ses fondemens ? Mais au nom d'un Dieu crucifié pour nous racheter de la servitude éternelle, d'un Dieu qui avait dit : tous les mortels sont frères, tous ont droit aux mêmes jouissances, la société se déchira en deux parts ; les hommes se trouvèrent face à face, d'un côté les esclaves, de l'autre, les maîtres ; les premiers, demandant des choses inouies ; ceux-ci, repoussant avec indignation et colère des prétentions ennemies de leur vieille autorité.

CHAPITRE IV.

Dix-huit siècles après cette mémorable invasion de l'Intelligence, il s'opéra dans le monde une régénération nouvelle, la révolution française. Au premier coup d'œil, rien de plus disparate, de plus opposé que ces deux révolutions. Cependant, sauf quelques modifications de circonstance, rien de plus identique; car toutes deux s'appuyaient sur la même base; et, si la seconde parut acharnée à la destruction de la première, c'est qu'alors celle-ci s'était déclarée l'antagoniste des mêmes droits qu'elle défendit à son origine.

Comme le Christianisme, la Révolution française réclamait la liberté civile et religieuse. Les hommes du dix-huitième siècle, ainsi que les chrétiens, s'élevaient contre les préjugés et le despostime sacerdotal. Mais sous les Césars, l'esclave ignorant ce qu'il pouvait valoir n'osait parler qu'au nom du ciel, et appelait la Divinité au secours de l'humanité souffrante; tandis que dix-sept cents ans plus tard, l'homme, intimement convaincu de ses droits, parlait en son nom, et combattait lui-même pour sa cause.

CHAPITRE V.

Si l'on veut apprécier exactement cette étonnante métamorphose des idées, il faut prendre le Christianisme à son origine, et, le suivant dans sa marche, saisir ces traits caractéristiques qui révèlent la nature des institutions. Loin d'être un œuvre simple, la Religion chrétienne offre un mélange de parties hétérogènes, contradictoires. Elle élève et abaisse l'homme tout à la fois; lui parle de liberté et courbe sa tête sous un joug rigoureux ; donne l'essor à son intelligence et la comprime par des supplices.

Conçoit-on rien de plus bizarre ? Le Christianisme, qui semblait ne se proposer d'autre but que d'effacer les distinctions de maître et d'esclave, n'a fait que les consolider en interposant la Divinité dans les affaires humaines. Car si les disciples du Christ annonçaient dans leurs prédications que tous les mortels sont égaux devant l'Eternel, ils ajoutaient : soumettez-vous à la tyrannie. Et qui ne voit pas du premier coup d'œil qu'obéissance aveugle et liberté sont deux mots qui se repoussent ; que de toute nécessité l'un détruit ce que l'autre semble établir? On dirait qu'il s'est fait un compromis entre les droits de l'homme et les préjugés qui les combattent; que les esclaves se sont contentés de faire reconnaître leurs titres à l'égalité, et les maîtres leur puissance.

Suivez le Christianisme dans tous ses développemens, scrutez tous ses actes, vous le verrez, à l'aide d'interprétations ou de nouveaux décrets, violer à chaque instant les principes de sa doctrine ; et cela, parce qu'il n'a rien changé dans le matériel de la société.

Etudiez en effet l'organisation des Chrétiens. Comme les premiers d'entre eux sortaient du peuple, c'est d'abord une Démocratie qui revêt insensiblement la forme aristocratique, à mesure que les hommes appartenant aux classes élevées de la société viennent grossir leurs rangs. Puis, lorsque leur valeur numérique put influer dans la balance politique, tel compétiteur à l'empire embrassa leur croyance pour la faire servir au succès de sa cause, leur distribua des faveurs, poursuivit leurs ennemis; et l'on finit par convenir que l'un sans l'autre, le trône et l'autel, ne pouvaient subsister. Enfin, lorsqu'une foule de petits princes barbares se disputèrent les lambeaux de la pourpre impériale, profitant de leur faiblesse, le Christianisme se constitua monarchie absolue; de sorte qu'en résumé, on peut affirmer sans crainte que la Religion chrétienne n'introduisit rien de nouveau dans l'organisation des états.

Je ne prétends pas cependant

que cette première révolution n'ait exercé aucune influence sur la vie sociale ; elle retrempa les esprits, inspira une nouvelle énergie à l'âme, exalta les nobles passions, et, pour achever son éloge, elle donna naissance à la philosophie moderne.

Pour bien juger le Christianisme, il faut toujours séparer sa doctrine de son administration ; l'une produisit des traits magnanimes de désintéressement, et l'autre des actes trop nombreux d'une cruauté inouie. La Religion chrétienne, quand elle ne voulut qu'éclairer les esprits, se montra sublime; mais quand elle prétendit régenter le monde, elle fut, comme tout ce qui suit les inspirations de l'ambition, égoïste, capricieuse, tyrannique; en un mot, elle s'habilla de tous les vices inhérens à la nature humaine, et, pour les garantir d'un bras réformateur, elle y apposa les scellés de la Divinité.

CHAPITRE VI.

On doit voir maintenant pourquoi la seconde invasion d'idées voulut renverser le principal résultat de la première, l'établissement du Christianisme. Dans tous ses efforts pour améliorer l'état social, la liberté rencontroit toujours le sacerdoce comme un antagoniste obstiné à contrarier ses plans, à détruire ses espérances. L'Eglise, qui dès son origine, avait fait un appel à tous les esprits dans la noble lutte de l'Intelligence, ne voulut bientôt plus souffrir que des combats à son profit; cette fille du ciel ne rougit pas d'implorer le glaive des puissans de la terre, ni de leur vendre en détail, au prix du sang, les attributs de la Divinité. Ces pauvres humains qui, dans leur misère, se trouvaient consolés qu'un Dieu les eût déclarés libres et capables de bonheur, quand il leur fallut reconnaître comme émanés de la bonté paternelle du Créateur les iniques et cruels décrets de modernes Nérons; quand ils entendirent qualifier ces monstres d'images de la Divinité, les bras leur tombèrent ; et, dans l'anéantissement de la stupeur, ils se laissèrent égorger tels que des troupeaux. Toutefois, comme l'amour de la vie est le premier sentiment de tout ce qui a reçu l'être, l'homme se réveilla peu à peu sous l'aiguillon des souffrances, et d'abord il chercha du secours; mais, n'espérant plus rien du ciel qu'il accusait de perfidie, égaré par l'indignation, il poussa un cri d'athéisme et reporta sur lui-même tout son espoir de salut.

J'ai besoin de combattre ici une opinion qui paraît incontestable aux yeux de quelques personnes, c'est que l'irréligion et l'incrédulité sont nées seulement de la dépravation des mœurs. Non, les croyances religieuses ne sont pas incompatibles avec la corruption; chaque jour nous en avons des preuves, sans compter celles que nous fournit l'histoire; à moins qu'il ne plaise mieux de convenir que ces temps, dont on nous vante la dévotion, ont ajouté l'hypocrisie aux dégoutantes orgies d'une grossière débauche. Il n'est pas plus juste d'imputer ce reproche au développement de l'esprit humain. Je sais que l'homme, soit orgueil, soit faiblesse de jugement, peut s'égarer dans ses investigations; mais des doctrines purement idéales ne parcourent qu'un cercle étroit, n'agitent que quelques coteries littéraires. Pour pénétrer la masse de la société et la modifier, il faut que les opinions se rattachent au bien-être des individus. Cette fièvre de l'athéisme qui s'empara des ignorans comme des docteurs, toute maladie qu'elle était, devait nécessairement apporter quelque remède aux douleurs de l'humanité, puisqu'elle fit de si rapides progrès. Et en effet les choses en étaient venues au point que la société n'avait pas de plus grand fléau que les croyances religieuses. Je ne veux entrer dans aucun détail ; mais, sans parler de la cruauté sophistique de l'Inquisition, je rappellerai que depuis l'Arianisme, qui prit naissance sous le premier empereur chrétien, jusqu'au Protestantisme, soit en Orient, soit en Occident, le glaive de la controverse armée ne cessa de moissonner les peuples.

Il est si naturel à la faiblesse humaine de rechercher l'appui d'un protecteur puissant, que l'on se pré-cipita en foule dans les bras d'une religion qui promettait à l'homme de l'abriter sous l'égide de l'Eternel. Pleins d'une émotion profonde, entraînés par l'enthousiasme de la reconnaissance, les infortunés, c'est-à-dire les trois quarts du genre humain, s'abandonnèrent sans réserve aux volontés d'un si généreux bienfaiteur ; et le Christianisme s'établit sur les ruines des autres cultes, plus ou moins indifférens au bonheur des particuliers. Mais lorsque les ministres du Christ furent devenus, comme les prêtres des faux dieux, avides de domination et de richesses; lorsqu'ils exploitèrent la piété au profit de l'égoïsme de corporation, et firent peser sur les peuples un joug cent fois plus insupportable que celui des Idoles; furieux de se voir si indignement joués, les hommes secouèrent alors tout frein religieux. Ajoutez à cette cause d'irritation le souvenir de longs et cruels outrages, le désir, la consolation de la vengeance, et vous avez la clef de la Révolution française.

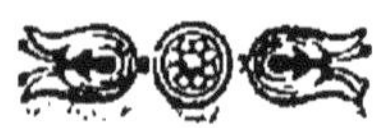

CHAPITRE VII.

Objet d'enthousiasme et d'admiration pour les uns, d'exécration et d'horreur pour les autres, la Révolution française a laissé une de ces réputations doubles que l'on ne sait comment concilier ; car ses actes furent souvent en contradiction avec ses principes, et ce n'est pas là son moindre point de ressemblance avec le Christianisme. Cette révolution vint proclamer des idées régénératrices de l'ordre social existant ; les intelligences les accueillirent avec avidité, mais ne les mûrirent pas assez avant d'en confier l'exécution à la force matérielle ; et de là cette étrange anomalie entre l'esprit de la réforme et le mode réformateur. La liberté civile et religieuse promulguée sous les couteaux des assassins et le glaive des bourreaux ; l'égalité, le respect des droits de l'homme vociférés par une populace envahissante et dévastatrice ; voilà de ces faits monstrueux qui obscurcissent le jugement. Mais vous détracteurs de la société nouvelle, prôneurs de l'ancien régime, ne voyez-vous pas que ces hordes sanguinaires, qui jouissaient de meurtres, de pillage et de débauche, avaient été formées par vos soins ? Leur ignorance, leur grossièreté, leur mépris de l'humanité, c'était votre ouvrage, le fruit de vos persécutions religieuses, de vos proscriptions en masse contre tout ce qui ne rampait pas sous votre despotisme. Ces cannibales avaient été nourris par vous des beaux faits de leurs pères à la St-Barthélemy, du dévouement héroïque des bien-heureux Clément et Ravaillac ; et ainsi vous leur aviez appris à tenir pour rien la vie de leurs semblables. Rappelez-vous ces bûchers que dans son brutal enthousiasme votre bon peuple alimentait des débris des forêts voisines, et de tout ce qu'il pouvait piller; ces pieux bûchers où le clergé se réservait l'honneur de mettre le feu en grande cérémonie (1); et, dites-moi, trouvez-vous qu'il y ait bien loin de ces fêtes sauvages à la manie incendiaire qui dévora tant de châteaux? ceux

(1) En 1825, j'ai été témoin de ce spectacle sur les bords de la Seine, à deux lieues au-dessus de Villequier. C'est, m'a-t-on dit, une fête annuelle.

qui dansaient autour des flammes au bruit des hymnes sacrées, dansèrent plus tard à la lueur des toits brûlans; c'étaient les mêmes mœurs, et ces mœurs découlaient de vos leçons. Mais parce que vos armes se sont tournées contre vous, que les bêtes farouches dressées par vos soins ont rompu leurs chaînes et vous ont déchirés à votre tour, vous osez dire que la Révolution française a démoralisé le peuple! l'a rendu cruel et sanguinaire! Eh! laissez donc, vous vous moquez impudemment!

Les scandaleuses et sanglantes orgies de *quatre-vingt-treize* ne furent qu'une pâle répétition de ce qui s'était passé dans nos précédentes commotions civiles. A l'origine du Protestantisme les cœurs n'étaient pas moins corrompus qu'à la fin du dix-septième siècle; seulement, à cette dernière époque on voulait plus qu'une réforme religieuse; ou pour mieux dire, on voulait que la Religion cessât de se mêler aucunement de diriger les affaires de ce monde.

En modifiant le Christianisme les

Protestans avaient modifié l'intolérance et la persécution religieuse. C'était beaucoup, néanmoins pas assez pour que la société se tînt en repos ; il lui fallait une entière amélioration, et elle continua d'y travailler. Mais, après force tentatives, force disputes ou discussions, on douta que la Religion fût une base essentielle à tout gouvernement.

En effet lorsqu'on réfléchit que les corps législatifs, quelle que soit la dénomination sous laquelle ils régissent les sociétés, ne sont établis que pour être médiateurs entre les particuliers, et porter une décision quand leurs droits se trouvent en conflit, on se demande si ce conflit peut jamais exister entre la Créature et le Créateur ? Si dans leurs rapports intellectuels, car je n'en conçois pas d'autres entre l'homme et Dieu, la médiation toute matérielle des Gouvernemens n'est pas aussi absurde que tyrannique ?

Il doit donc y avoir indépendance absolue pour toutes les opinions religieuses ; et tous les cultes qui en sont la manifestation doivent être soufferts, non protégés, tant qu'ils ne sont pas contraires aux lois de la morale universelle, ni à la décence publique.

Tels étaient les principes de la Révolution française en matière de Religion; ainsi donc il s'agissait d'une régénération complète, et chacun mettait à l'œuvre une main impatiente. Mais par malheur la Nation n'avait pas assez dépouillé ses vieilles habitudes. Nous parlions de l'autorité des lois, de la tolérance, et cependant sous l'influence involontaire de l'éducation, nos actes portaient l'empreinte de l'arbitraire et du caprice. Aussi, après avoir usé de la Liberté comme des gens qui n'ont jamais connu que les formes de la tyrannie, au bout de quelques mois d'un despotisme républicain, nous nous sommes vus forcés de poursuivre par de nouveaux efforts le but que nous pensions avoir atteint ; et c'est au milieu du terrible retentissement des armes que nous avons achevé de parcourir la carrière laborieuse de l'émancipation.

CHAPITRE VIII.

Au sein des sociétés nouvelles qui s'étaient formées tant bien que mal des débris du colosse romain, la servitude faisait aussi peser son joug sur la majeure partie des mortels. Du milieu de ces troupeaux humains s'élevèrent d'abord des gémissemens arrachés par la souffrance; puis des plaintes contre les auteurs de tant de maux; puis de vagues réclamations en faveur d'un droit dont chacun avait la conscience, mais qu'on ne savait pas encore apprécier. En même temps il arriva que les maîtres toujours guerroyant l'un contre l'autre eurent besoin des bras des esclaves qu'ils se virent ainsi contrains d'immiscer dans leurs affaires. Des bouches serviles apprirent à prononcer le mot Liberté; et comme ce nom magique trouve toujours dans le cœur de l'homme un écho sensible qui le répète aussitôt, des esclaves, tout en traînant leur joug, commencèrent à se parler d'indépendance avec ce sentiment de plaisir qu'éprouve le voyageur accablé de fatigue, lorsqu'il songe au doux repos qui doit le délasser au terme du voyage.

S'épuisant continuellement dans leurs luttes ambitieuses, les Nobles et les Rois caressèrent l'espérance des Serfs; tantôt ils cherchèrent à les gagner à leur cause par des promesses violées et exécutées tour à tour, selon que la fortune leur était bonne ou mauvaise; tantôt lançant dans les rangs de leurs adversaires de féloniques proclamations, ils appelèrent à la liberté ceux qu'ils craignaient comme esclaves ; et l'on vit s'organiser les communes, centre de ralliement pour tous les affranchis.

Dès lors la société fut agitée par des luttes continuelles. Ceux qui avaient donné se croyaient le droit de reprendre, et tous les moyens leur étaient bons pour recouvrer ce qu'ils appelaient leur propriété. Mais comme la liberté est un de ces biens dont l'homme ne consent pas à se dessaisir, tout en s'avouant redevables de ce qu'ils avaient reçu, les affranchis ne voulurent jamais le rendre. Néanmoins, dans les commencemens, ils payèrent par tous les sacrifices possibles ce que l'ignorance ou la timidité leur faisait regarder comme une grâce plutôt qu'une restitution. Un jour arriva cependant où, fatigués par les continuelles et irraisonnables exigeances d'un tyrannique patronage, ils comprirent que pour assurer le bien-être dont ils commençaient à jouir, ils devaient le faire reconnaître comme un droit qui n'avait pas besoin de la sanction des hommes. Alors la question se débattit sur un terrain plus large; les intelligences prirent part à la lutte;

et, dans cette lice nouvelle, la liberté remporta de signalés triomphes. Bientôt les deux partis s'aperçurent qu'ils s'appuyaient sur des droits contradictoires; ce fut un combat à outrance où, à tout instant, l'arbitraire essuya des défaites.

Deux camps étaient donc en présence. Celui où se retranchaient les préjugés voyait, chaque jour, diminuer le nombre de ses défenseurs. Une seule barrière le protégeait encore, c'était cet antique respect pour la Religion et la Royauté. Mais les Rois et les Prêtres, par leurs odieuses turpitudes, accumulèrent sur leur tête une telle masse de mépris et de haine qu'ils en furent écrasés. Si les défenseurs de l'humanité, confondant les personnes et les choses, ébranlèrent de toutes leurs forces deux bases nécessaires à la solidité de l'édifice social, le trône et l'autel, c'est qu'ils ne les considérèrent plus que comme des arsenaux de calamités.

Oui, ce sont eux-mêmes que les Rois, les Nobles et les Prêtres doivent accuser de leurs infortunes. Qu'ils réfléchissent par de combien longues et cruelles vexations ils ont torturé le peuple avant qu'il se soit levé contre eux. Certes la vengeance fut barbare, et nous la condamnons ; mais elle n'égala pas l'outrage.

CHAPITRE IX.

Voici que nous sommes arrivés à cette époque où la Révolution française, éclatant comme un coup de tonnerre, ébranla le monde. Elle se proposa d'en changer la face, et elle la changera; car ses principes, laborieux enfantement de la nécessité, exerceront sur la destinée des empires une influence inévitable. J'espère en donner les preuves dans une esquisse rapide où, décrivant d'abord en quelques lignes la naissance orageuse de cette seconde régénération sociale, je montrerai quelle étonnante impulsion elle a donnée à l'intelligence.

Des liens qui unissaient les diverses parties de l'ancienne société française, les uns se sont dissous d'eux-mêmes, les autres ont été brisés. A l'exception d'un très petit nombre d'hommes, tous se sont accordés à détruire le vieil édifice; et chacun de l'attaquer avec acharnement, de le démolir de fond en comble, sans épargner même ce qu'il avait de bon. Mais l'instant arrive où il faut reconstruire. Soudain tout accord cesse. Chacun prétend donner ses plans, les imposer, et déclare ennemi du bien public quiconque les rejette ou les contrôle. On réclame l'égalité des droits, et comme personne ne veut faire le sacrifice de son amour-propre ni de son ambition, tous les esprits sont en état d'hostilité. Alors, si par hasard l'hydre que l'on a terrassée avec tant de peine, vient à donner quelque signe de vie, on crie à la trahison; la terreur des représailles inspire des alarmes; la défiance y joint ses aigreurs; on voit des ennemis partout, parce qu'on ne sait positivement où ils sont; la peur rend aveugle et cruel ; une fureur, une folie de destruction s'empare des citoyens, et ils frappent indistinctement pour éviter de tomber sous des coups qu'ils n'auraient pas prévus. A ce conflit des passions civiles, ajoutez le dévergondage des passions privées que les lois ne compriment plus, alors vous avez en spectacle le pillage, le viol, l'assassinat, en un mot, tout ce que la nature humaine peut produire de plus dégoûtant, de plus monstrueux.

Voici un coin du tableau de notre Révolution, et par ce côté elle ressemble à toutes les autres; car il n'est point de commotions civiles où la brutalité de l'homme n'ait joué un rôle plus ou moins sanguinaire. Mais ne nous arrêtons pas à l'enveloppe matérielle de cette mémorable invasion de l'intelligence. Si elle s'avança escortée des ravages de la guerre, c'est que l'existence de plusieurs millions d'hommes se trouvait intimement liée au triomphe des idées qu'ils proclamaient. On ne peut trop gémir que la force aveugle et brutale fut appelée à protéger ce qu'il y a de plus pur, de plus noble, la conscience et la pensée; mais à qui la faute si ce n'est à ces jactanciers phaëtons qui prétendirent dompter par des coups les généreux coursiers que n'avaient su conduire leurs mains inhabiles?

Lorsqu'à la voix de quelques Français égarés par le malheur, de brutaux et pillards étrangers, envahissant notre territoire, vinrent s'immiscer dans nos affaires domestiques, et menacer outrageusement (1) un peuple de citoyens, par toute la France, il n'y eut qu'un cri, qu'un élan. On vit des soldats d'un jour punir ces bravades par d'innombrables défaites ; et cette partie de la Nation, que le vieil orgueil des Nobles flétrissait encore de ses dédains, fut un volcan de héros, dont la brûlante lave creusa sur son passage les profonds sillons d'une gloire impérissable.

Je ne parlerai pas du vol rapide de notre aigle conquérant, ni de

(1) Voyez la proclamation du duc de Brunswik.

notre miraculeux et triomphal tour du monde. Quelque dominé que je sois par l'enthousiasme de notre gloire, je ne vois là rien qui m'étonne. Au nom de la liberté, l'homme fera toujours des merveilles. Toutefois je dois à l'honneur national de dire que les annales d'aucun peuple, soit ancien, soit moderne, ne sauraient offrir plus de traits d'héroïsme. Mais notre plus beau titre, c'est d'avoir libéralement appelé toutes les Nations, sans distinction, à partager un bien que nous avions payé si cher. En proclamant la fraternité des peuples, nous avons ébranlé le plus mortel ennemi de la société, l'égoïsme, qui s'était ravivé dans les dissensions religieuses, après avoir presque succombé sous les attaques du Christianisme naissant. Nous avons porté les premiers coups à ces murs de séparation, à ces remparts de mépris et de haine, que les préjugés avaient élevés entre chaque Nation.

Je sais qu'au dehors comme à l'interieur, on peut reprocher à la Révolution française des actes contraires à la justice et à l'humanité; mais encore une fois n'attribuons point des traits d'intolérance et de barbarie à des principes qui les repoussent. Les crimes de nos pères ne sont pas le fruit d'une intelligence dégradée, mais d'une éducation vicieuse; et il ne sied point d'accuser le peuple d'immoralité, quand la Cour, la Noblesse et le Clergé lui en donnaient l'exemple depuis si long-temps. Lorsque la Révolution sema à pleines mains le mépris de toute religion, elle ne fit que distribuer largement les provisions de libertinage et d'impiété amassées pendant plusieurs siècles dans le séjour des Rois, les châteaux des Nobles et les retraites des Prêtres de tous les ordres. C'est là que l'incrédulité décocha ses premiers sarcasmes ; que la moquerie des choses saintes, sous les bigarrures de la bouffonnerie, rencontra le premier sourire, recueillit les premiers applaudissemens; s'enhardissant par le succès l'une acéra des traits plus amers, l'autre dépouilla chaque jour quelque partie de son accoutrement de mascarade; et vint le moment où, certaines de leur popularité, toutes deux marchèrent à decouvert dans leurs attaques réitérées.

Il semblerait, au dire de quelques uns, que l'école philosophique elle seule a forgé l'irréligion. Mais Voltaire et ses imitateurs ne faisaient que ramasser autour d'eux, dans la société, les armes que leurs mains habiles savaient rendre si tranchantes; et l'impiété infectait les esprits et les cœurs bien avant de passer dans leurs écrits.

On attribue beaucoup trop d'influence aux hommes de Lettres. Ce ne sont point eux qui créent l'esprit d'une époque, seulement ils le fortifient, le développent et l'exploitent pour l'intérêt ou pour la gloire. Les écrits ne doivent être considérés que comme un miroir qui réfléchit les mœurs, les besoins d'un siècle, avec plus ou moins de feu et de vérité. La principale condition pour qu'un auteur réussisse, c'est de se faire comprendre ; car sa voix se perd si elle ne trouve pas d'écho qui la répète. Parlez donc aujourd'hui d'absolutisme politique et religieux, et vous verrez l'accueil destiné à tout antagoniste ou novateur indiscret. Oui, nul ne réussira si ses idées ne sont pas en harmonie avec celles de la société dont il veut obtenir les suffrages.

Ce n'est pas que l'homme de lettres n'ait assez de puissance pour modifier les sentimens d'un peuple, mais cette influence ne s'exercera que par degrés et toujours en rapport avec les habitudes, les nécessités de l'époque; et tel écrivain, qui paraît ouvrir une nouvelle carrière aux intelligences, n'a fait que deviner son siècle et rendre plus précoces des germes qui bientôt allaient percer d'eux-mêmes. Mais c'est là seulement le tact et l'instinct du génie.

CHAPITRE X.

Quelques années s'étaient à peine écoulées, que la tourmente républicaine qui secouait la France avait fait place en apparence au calme presque léthargique de la Monarchie. A ces hymnes bacchanals d'un peuple délirant de liberté, avaient succédé les chants graves et pompeux du triomphe. L'énergie de la France était passée dans les camps; car tout ce qu'il y avait d'ames ardentes, de caractères généreux s'était précipité dans les périls de la guerre pour défendre l'indépendance nationale contre le glaive de la tyrannie et de l'étranger. Une victoire dans l'esprit même de nos soldats n'était pas seulement un acte de supériorité physique, mais une conquête, une garantie pour la liberté.

Cette opinion paraîtra sans doute une hypothèse dénuée de fondement, à ceux qui ne virent que servilité dans l'admiration et la gratitude de la France pour Bonaparte. L'homme qui paya de ses sueurs et de son génie la puissance et la gloire d'une Nation avait bien au moins quelques droits à son indulgence; si le ciel sembla prendre plaisir à le gâter par les succès, on doit pardonner à la faiblesse humaine de s'être laissée éblouir par ce feu presque divin. Mais les exagérations de quelques flatteurs ou enthousiastes ne constituent pas l'opinion publique; et bien loin que le règne de Napoléon démente la puissance que j'attribue à la pensée, c'est une des plus fortes preuves que rien ne peut arrêter les invasions de l'intelligence.

On s'étonne de ces réputations grandissantes comme l'éclair, qui d'un citoyen obscur, naguères confondu dans la multitude, font tout à coup la lumière placée au sommet de la montagne ; mais l'homme est là, non pas semblable à l'aigle qui s'est élevé dans les airs par la seule vigueur de ses ailes ; il domine comme le drapeau de victoire planté par une idée conquérante ; plus de bras pour le soutenir, et il tombe.

Ainsi fut-il de Bonaparte. Il engagea son génie au service de la liberté ; la liberté fit sa gloire et sa puissance. Plus tard, aveuglé de succès et d'orgueil il voulut, dédaignant son premier soutien, s'appuyer sur le despotisme ; il paya cette erreur par la perte du trône et les souffrances de l'exil. Pourtant Bonaparte savait bien qu'il n'avait point arrêté la marche des idées, et qu'il n'était l'héritier des Rois de France qu'aux yeux de ces gens faciles qui s'accommodent de toutes les dynasties, s'habituent à toutes les cours, pourvu qu'ils y trouvent des faveurs. L'empereur des *Français* et par le consentement des Français, tout arbitraire qu'il fût, se gardait de parler le langage absolu de Louis XIV dont il avait cependant éclipsé la renommée ; dans ses proclamations, ce n'est point aux sujets de la couronne qu'il s'adresse, mais aux enfans de la France, aux défenseurs du pays. Il ne dit pas avec ce ton de maître : « Peuples, mon trône est menacé, venez mourir autour de votre Roi. » Il fait entendre les douloureux et énergiques accens du Citoyen, il s'écrie : « Français, la patrie est en danger ; accourez défendre vos foyers, protéger vos enfans et vos femmes! » Nous l'avons lu sur les murs de toutes nos cités cet aveu de nos droits, cet appel au courage d'un peuple libre. Sans la rancuneuse défiance inspirée par des actes de despotisme, sans la trahison, l'étranger n'eût jamais occupé le sol français; et un Bourbon n'aurait pas eu la gloire de nous donner la Charte.

C'est pour n'avoir point voulu suivre le progrès des idées que Bonaparte a succombé. Pourquoi donc s'obstiner à dire qu'il étouffa dans nos cœurs cette liberté que jamais sa bouche n'osa méconnaître, et qu'il invoqua aux jours brillans du triomphe comme en présence de l'adversité ?

CHAPITRE XI.

Trahis par les hommes autant que par la fortune, repoussés de toutes nos conquêtes, nous trouvons nos foyers envahis par des ennemis si long-temps humiliés sous le poids de leurs défaites. Il semble alors que la Révolution ait perdu tous ses titres, que les fruits de tant de peines et de sang soient anéantis à jamais. Hé bien ! non ; c'est courbés sous les revers que nous ramassons le prix de la victoire, la Charte, aveu formel des droits du peuple, et monument d'immortalité où, d'âge en âge, la France viendra déposer un juste tribut de reconnaissance et d'amour.

On s'étonne, on admire, quand on voit ces mêmes souverains, dont la Révolution secoua si rudement les trônes, nous appeler à renverser le géant pour crime de tyrannie ; et il n'a fallu que vingt-cinq ans pour changer à ce point le cours des idées ! Quelle prodigieuse métamorphose! Quoi ! ceux-là qui combattirent contre leurs concitoyens par haine de la liberté sont réduits à lui emprunter ses reproches, quand ils veulent flétrir un ennemi terrassé ! (1) Quoi ! jusqu'aux Rois qui parlent aux peuples d'indépendance? Et dites-nous donc encore que l'opinion n'est pas une puissance, que la force brutale peut dompter la pensée!

La Restauration répond à toutes ces vaines imputations d'avilissement. Quand Louis XVIII nous

(1) On sait que les émigrés prodiguaient à Bonaparte le nom de tyran.

donna la Charte, la présence d'un million d'étrangers en armes lui permettait de s'asseoir sur le trône de ses pères sans aucune condition. Parmi ses compagnons d'exil, ce qu'il avait de plus cher, de plus intime le sollicitait, le tourmentait pour l'empêcher de faire un pacte avec son peuple. Mais ce Prince éclairé, qui pendant les jours de son infortune avait silencieusement marché avec son siècle, comprenait mieux la situation des choses, et n'ignorait pas que des institutions libérales pouvaient seules étayer solidement sa puissance. Eminemment national, il aimait la France; vraiment Français, il aimait la gloire; et, comme sa noble et bienveillante pensée ne voyait de grandeur pour les Rois que dans la félicité des peuples, il s'éleva, d'un sublime et généreux élan, jusqu'à la hauteur du génie de la civilisation.

Je ne prétendrai point établir un parallèle entre Louis XVIII et Bonaparte; car ils n'ont pas vécu de la même vie, et l'un a commencé où l'autre a fini. Turbulent, ainsi que les esprits nés pour la guerre, voulant tout entraîner à ses idées qui l'entraînaient lui-même, inégal et irrégulier dans sa marche, parce que l'inspiration va bondissant et sans règle fixe, Bonaparte fatigue mes regards et leur échappe à tout moment, en un mot, je ne puis le définir ; mais il m'apparaît comme un héros des temps anciens, gigantesque ; tandis que Louis XVIII me semble plus particulièrement un grand homme de notre époque.

Tous deux ils ont disparu de la scène du monde pour aller dormir le même sommeil. Ils sont morts ; toutefois ils vivront par les souvenirs, tant qu'il y aura des cœurs qui battront au doux nom de la gloire, des intelligences qui sauront comprendre la dignité de la nature humaine. Déjà l'un a reçu du destin un monument qui le rappellera sans cesse à la mémoire des générations. On ne pourra voir Sainte-Hélène sans penser à l'aigle audacieux qui vint y mourir épuisé de victoires ; et chacun, la voix émue par cette impression indéfinissable qui nous saisit en présence d'un être merveilleux, racontera les prodiges du grand Napoléon. Mais pourquoi Louis XVIII restet-il confondu parmi les obscurs tombeaux de la sépulture royale? Tous les peuples qui palpitent du désir de la liberté demandent où s'élève le monument de notre reconnaissance. Français, que, dans chacune de nos cités, l'étranger puisse bientôt contempler avec envie le Roi-Philosophe, son immortelle Charte à la main!

CHAPITRE XII.

Le principal résultat de l'établissement du Christianisme avait été l'empiètement de la Théocratie sur toutes les branches de l'organisation sociale; le principal but de la Révolution fut de nous affranchir du despotisme ecclésiastique. Dix-sept cents ans d'expérience ont prouvé au monde qu'il n'y avait point de tyrannie plus exigeante, plus intraitable que celle qui s'exerce au nom du ciel. Avec l'homme, du moins il y a quelque accommodement; car il sait que la force seule fait son droit, et il peut craindre les conséquences d'un revers de fortune, les terribles représailles d'une multitude exaspérée. Ainsi, Auguste fut empereur doux et clément, après s'être montré le plus cruel des triumvirs. Tant que la tyrannie a son siége établi sur la terre, elle est accessible aux coups de ceux qu'elle outrage. Mais lorsqu'abusant de la religion des hommes elle est une fois parvenue à s'asseoir sur le trône de la Divinité, pauvres peuples! il faut baiser la main qui vous déchire, jusqu'au jour où, dans le transport de l'indignation et de la souffrance, saisissant d'un bras généreux ce pied qui pesait sur vos têtes abaissées, vous faites tomber les dieux tyrans dont le sceptre intolérable n'a d'autre appui que votre simplicité.

Ce jour est venu pour la France; l'autorité morale est la seule que nous veuillons accorder à la Religion, la seule qui soit digne de l'esprit divin. Il fait beau voir les ministres d'un Dieu pacifique promulguer les décrets du ciel, le glaive et la torche à la main , tout prêts à égorger ou à livrer aux flammes ceux qui sont assez malheureux pour ne pas naître prédestinés ! En vain quelques ambitieux ou fanatiques travaillent, de toutes leurs forces, au retour d'aussi déplorables erreurs. Nous ne voulons plus de Théocratie en France, et la volonté des peuples est une nécessité dont les gouvernans finissent toujours par subir la loi.

Quand la Religion chrétienne vint dépousser le Paganisme, les prêtres des Idoles crièrent que c'en était fait du monde. Exagération de parti ! fureur mercantile de gens qui n'ont plus la vogue, et s'en vont prophétisant partout, dans leur dépit, que le commerce est à jamais perdu. Aujourd'hui ceux qui hurlent saintement contre *les vestibules de l'Enfer*, prétendent que la Religion va disparaître du milieu des humains. Comme si l'homme n'était pas essentiellement religieux! Comme si l'ame n'éprouvait pas à chaque instant le besoin irrésistible de communiquer avec un Être supérieur qu'elle ne peut comprendre, mais dont elle reconnait l'influence sans pouvoir toutefois s'en rendre compte! Les sectateurs de Confucius, de Mahomet, et de mille autres prophêtes sont-ils irréligieux pour offrir à l'Eternel des hommages différens? Pourquoi rejeter la liberté des cultes, quand on lui doit son existence? Pourquoi s'ériger en princes de ce monde, quand on a déclaré qu'il n'y avait rien de commun entre le royaume du Ciel et les puissans de la Terre?

Oui, la pensée n'est point esclave de la matière, et l'intelligence commande à la force. Oui, la Religion déposera cet appareil mondain, cette ostentation de pompe et d'autorité qui la rendent méprisable, parce qu'elle se rappetisse jusqu'aux ridicules de l'humanité; odieuse, parce qu'elle devient un instrument de misères et de douleurs. N'est-ce pas une chose absurde, épouvantable, que la paisible demeure du Père commun des hommes retentisse de provocations tumultueuses; que la haine des partis reçoive de furibonds appels du haut de cette chaire évangélique, d'où jamais n'auraient dû descendre que paroles de pacification, de pardon et d'oubli ? Voilà le scandale qui doit cesser pour le bonheur des peuples et la dignité du Sacerdoce. Que la Religion entretienne l'harmonie des familles, la concorde des citoyens ; qu'elle distribue des secours à l'indigence, des consolations à l'infortune, et nous la bénirons. Mais qu'elle dépose son sceptre et son glaive ; ainsi le voulaient ceux qui nous ont ouvert la carrière de l'indépendance ; ainsi nous le voulons, nous qui nous présentons plus unis, dont les rangs sont plus épais.

Malheur aux insensés qui voudraient tenter la lutte. Ils changeraient un fleuve rapide, mais calme dans son cours, en un torrent fougueux qui briserait la frêle nacelle assez téméraire pour avoir prétendu le dompter. Quand un peuple est dans l'enfance, il marche à si petits pas que, s'il avance ou s'il recule, on s'en aperçoit à peine; mais lorsque devenu grand il a marché, pendant quarante années, les longues journées de chemin du voyageur dans toute la force de l'âge, vouloir alors qu'il s'arrête pour retourner se mettre en lisière ? En vérité, c'est plus que de la sottise, c'est de la folie ?

Prenez garde ! Moucherons importuns qui sans cesse nous harcelez de vos essaims tumultueux et impuissans. Notre pitié fait votre seule force ; ne lassez pas notre patience. Prenez garde ! nous vous écraserons.

Du 2 août.

P. S. Il n'y a pas six jours que j'ai tracé ces dernières lignes, et voilà qu'elles sont devenues une prédiction qui déjà s'est accomplie. Des insensés, des misérables ont joué les droits et la vie des citoyens contre l'arrogance de leurs criminelles prétentions et leur stupide incapacité. Mais le châtiment a été aussi prompt que mémorable. A peine le frêlon avait-il allongé son dard vénéneux qu'il a péri écrasé, sans même avoir pu jouir du mal qu'il voulait faire.

Honneur et reconnaissance à tous ces braves et généreux citoyens dont l'héroïque dévouement a sauvé nos droits, et conquis pour jamais notre indépendance ! Amour à ce Prince toujours français qui nous épargna les horreurs de la guerre civile en venant s'associer à l'élan de la Nation! Justice est faite de nos oppresseurs; mais soyons grands et modérés comme il convient au peuple qui marche à l'avant-garde de la civilisation. Français! entourons la Charte pour la défendre, mais n'oublions pas à qui nous la devons. Si Charles X mérite la réprobation de tout bon citoyen, sachons reconnaître ce que Louis XVIII a fait pour notre liberté, et tenons lui compte de ses nobles vues. Les criminelles tentatives du Roi dégradé révèlent assez combien son Prédécesseur a dû souffrir pour avoir osé s'occuper des droits du peuple, et du bonheur de la France.

FIN.

TABLE DES MATIÈRES.

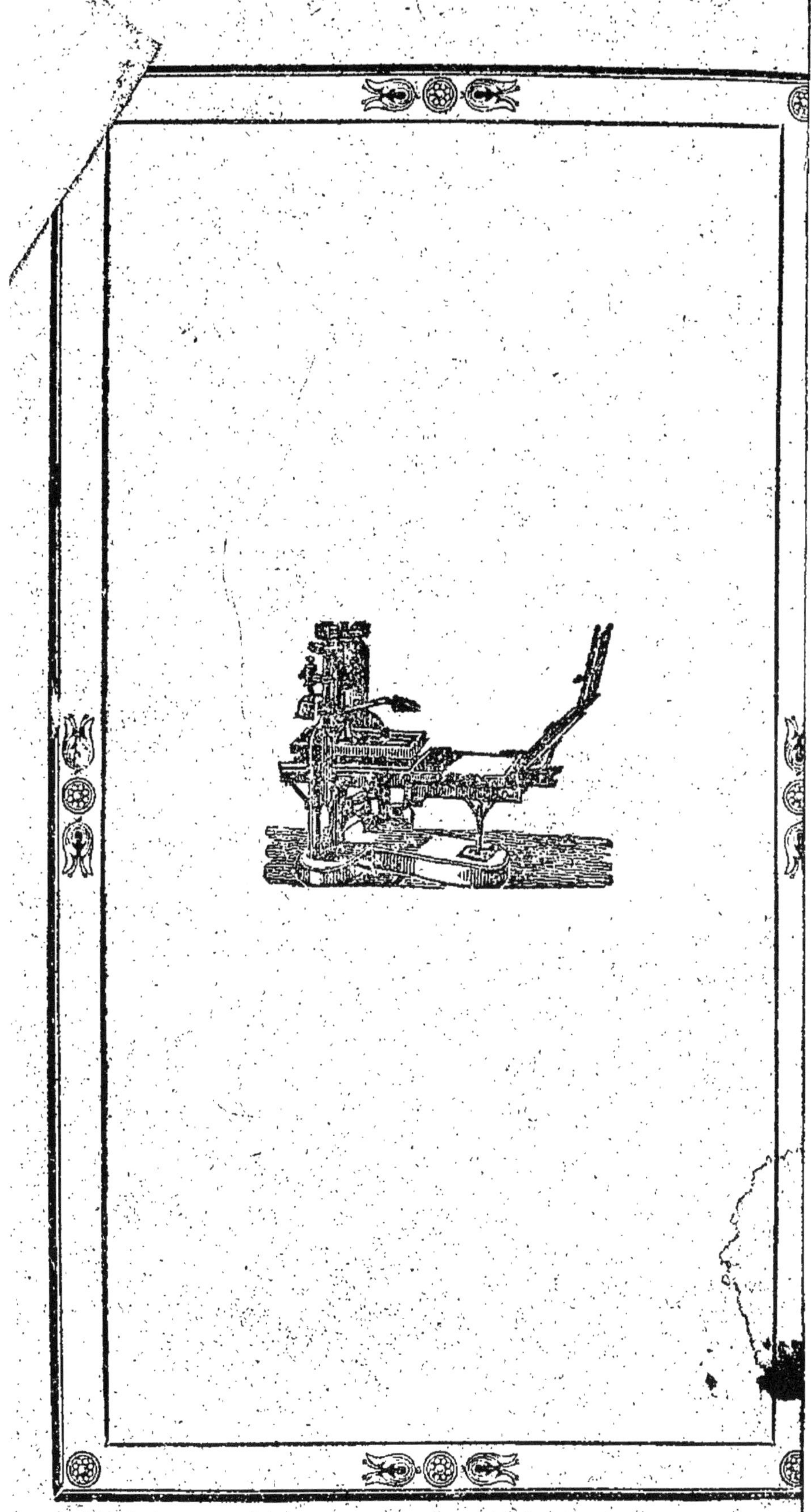

www.ingramcontent.com/pod-product-compliance
Ingram Content Group UK Ltd.
Pitfield, Milton Keynes, MK11 3LW, UK
UKHW020353230726
13925UKWH00003B/1097

9 782014 048957